AF494206

Decamps
Diaz
Jacque

1874 (Mars 2) total 26.500

Vente du Lundi 2 Mars 1874

SALLE N° I

COLLECTION

DE

M. LANDAIS

TABLEAUX MODERNES

EXPOSITIONS :

PARTICULIÈRE : LE SAMEDI 28 FÉVRIER 1874.
PUBLIQUE : LE DIMANCHE 1er MARS 1874.
De une heure à cinq heures.

M° CHARLES PILLET,
COMMISSAIRE-PRISEUR,
10, rue de la Grange-Batelière,

M. DURAND-RUEL,
EXPERT,
16, rue Laffitte.

1874

CATALOGUE

DE

TABLEAUX MODERNES

Provenant de la Collection

DE

M. LANDAIS

DONT LA VENTE AURA LIEU

HOTEL DROUOT, SALLE N° 1.

Le Lundi 2 Mars 1874,

A TROIS HEURES.

Par le ministère de Me CHARLES PILLET, commissaire-priseur,
rue de la Grange-Batelière, 10,

Assisté de M. DURAND-RUEL, Expert, 16, rue Laffitte,

Chez lesquels se trouve le présent Catalogue.

EXPOSITIONS { *PARTICULIÈRE :* Le Samedi 28 Février 1874.
PUBLIQUE : Le Dimanche 1er Mars 1874.

DE UNE HEURE A CINQ HEURES.

CONDITIONS DE LA VENTE

Elle sera faite expressément au comptant.

Les acquéreurs payeront *cinq pour cent* en sus du prix d'adjudication.

Paris. Typ. Pillet fils aîné 5, rue des Grands-Augustins.

Dans la petite collection que nous présentons aujourd'hui au public, il y a trois noms qui s'imposent.— Nous ne parlons pas du nom de Decamps qui ne figure ici que pour une étude à la sépia. Elle porte, il est vrai, la magistrale empreinte du maître; mais elle n'a, dans l'œuvre de Decamps, que l'intérêt d'une belle étude. — Les trois noms qui dominent dans cette réunion de peintures modernes sont ceux de Diaz, Troyon et Ch. Jacque.

C'est une rare fortune de rencontrer, parmi un si petit nombre de tableaux, quatre Diaz d'une telle qualité et, parmi eux, une œuvre capitale de l'importance de la *Source*. Nous ne nous attacherons pas à la décrire à cette place; nous avons préféré consacrer une rapide notice à chacun des numéros de notre catalogue. Mais il nous sera permis de dire qu'au point de vue de la critique il est très-intéressant de pouvoir comparer simultanément ces quatre variations d'un grand artiste sur le même thème— pour lui un thème de prédilection : la forêt de Fontainebleau.

A côté des grandes interprétations de la nature fixées par la main de Diaz, nous aimons à placer les admirables petits tableaux de Ch. Jacque. Si l'élan en ces dernières œuvres est moins haut, l'art n'y est pas moins puissant, ni la main moins magistrale. C'est cette puissance d'art qui sauve la banalité de motifs qui ont tenté maintes fois les peintres de tout ordre et dans lesquels la plupart ont échoué.

Quant au Troyon de cette collection, de si petite dimension qu'il soit, nous le considérons comme l'un des meilleurs tableaux du maître. Son immense talent apparaît ici dégagé complétement des talonnières de plomb dont quelque dieu jaloux alourdissait parfois son vol.

Après ces grands noms, il en est d'autres qui sont à bien juste titre aimés du public. Tels ceux d'Alfred de Dreux, de César de Cock, de Brissot, de Lambinet, de Van Marcke, de Richet, de Veyrassat, de Vincelet.

Nous étudierons leurs œuvres une à une.

Mais nous voulons insister par un dernier mot sur les morceaux d'exception que le possesseur de cette collection avait su réunir avec un sens très-délicat des belles choses.

Par son importance, par sa grande allure, par sa coloration puissante, par le sentiment poétique qui s'en dégage, la *Source*, de Diaz, est le diamant de cette petite galerie. Dès lors, poursuivant l'image dont les termes sont empruntés à l'écrin du joaillier, — il est difficile d'en trouver de plus juste pour parler de tels peintres, — nous dirons que le *Moulin* de Troyon en est la perle.

DÉSIGNATION

ANDRIEUX

(AUGUSTE)

1 — **Épisode de l'Invasion de 1815.**

Un paysan français tue d'un coup de fusil un Cosaque rouge qui vient de passer devant lui avec un de ses compagnons. — Le mouvement du cavalier frappé à mort, qui étend les deux bras et rejette la tête en arrière d'un geste convulsif, est d'une vérité d'observation et d'une justesse d'effet extrêmement remarquables.

Aquarelle.

BRISSOT DE WARVILLE

(P.-S.)

2 — **Les Anes d'Espagne.**

Dans la poussière, dans l'aveuglante lumière, au flanc de quelque aride Sierra, les bonnes bêtes cheminent de leur petit pas continu, sûr, doux et patient, lourdement chargées de contrebande. Je ne dis rien de l'homme qui les conduit, un type suffisamment superbe et farouche. Mais tout l'intérêt du tableau est retenu par ces jolis ânes à la physionomie si candide. Leurs robes, variées du blanc au brun en passant par le gris, forment l'accord de couleurs dominant dans le paysage dont les grandes lignes sévères disparaissent comme noyées dans l'intensité de la lumière.

Un des meilleurs tableaux de l'artiste.

Toile. Haut., 33 cent.; larg., 44 cent.

DECAMPS

(GABRIEL)

386. 3 — **Chiens bassets.**

Tout le monde connaît les admirables études que Decamps, l'artiste consciencieux par excellence, faisait en vue de ses tableaux. A la plume, à l'aquarelle, en quelques touches de sépia, comme ici, il fixait un type d'animaux. Entre toutes les races de chiens, Decamps, qui était grand amateur de chasse au fusil, préférait le chien basset. Mais en véritable artiste, il avait le don d'imposer à ses moindres croquis l'importance, ou tout au moins l'intérêt d'un tableau. On peut s'en assurer ici : quelques accessoires, un tronc d'arbre, des broussailles, un ou deux fusils, un carnier; et voici une composition spirituelle, légère, en même temps qu'une étude de chiens magistrale.

Sépia.

DE COCK

(CÉSAR)

4 — **Sous bois.**

Un des plus fins paysages de l'artiste. Ce n'est pas l'horreur sacrée des grandes forêts que César de Cock a vou'u rendre. Il aime les petits bois aux jeunes futaies, pénétrées de lumière discrète, argentant le fût blanc des trembles et des bouleaux, glissant sur la nappe endormie des eaux mortes. Ici, dans la silencieuse intimité, dans l'harmonie grise de ce sous-bois, deux petites figures de fillettes ajoutent la note humaine à cette douce impression de nature. On sent que le village n'est pas loin.

Toile. Haut., 44 cent.; larg., 62 ent.

DIAZ DE LA PENA

(NARCISSE)

5 — **La Source. — Forêt de Fontainebleau.**

Ici, c'est la forêt, au contraire, notre grande forêt de Fontainebleau dans toute sa majesté. A l'ombre puissante des chênes séculaires dont les fortes branches fléchissent sous le poids des lourdes frondaisons, une source glaciale a filtré ses eaux à travers les sables et les roches. Dans la perspective qui s'enfonce à l'horizon, entre les troncs espacés des grands arbres, on suit les ondulations des terrains chargés de bruyères. Les grandes nuées blanches des ciels d'occident se modèlent dans l'azur d'une intensité de ton extraordinaire. Une figure épisodique.

Page magistrale dans l'œuvre du maître.

Panneau. Haut., 50 cent. larg., 71 cent.

DIAZ DE LA PENA

(NARCISSE)

6 — La Mare. — Forêt de Fontainebleau.

Une vaste lande dont la sèche horizontalité est coupée çà et là par les hautes silhouettes de quelques groupes d'arbres. Au pied de l'un de ces groupes, une mare, formée par les pluies d'orage accumulées, réfléchit les troncs épais et les ramures tordues, en même temps que les pâles colorations d'un ciel chargé de vapeurs grises et bleuâtres. Toute la distinction du maître se retrouverait dans la petite figure de femme qui anime le paysage et y apporte une tonalité d'une finesse exquise.

Toile. Haut., 37 cent.; larg., 52 cent.

DIAZ DE LA PENA

(NARCISSE)

— 900.

7 — La Clairière. — Forêt de Fontainebleau.

C'est toujours la même forêt, mais vue et présentée chaque fois sous un aspect nouveau et toujours grand. Au ciel, de larges mouvements de nuées qui interceptent par places les rayons du soleil et projettent sur le sol de vastes bandes d'ombre. A terre, entre les blocs de grès et les bouquets de chêne, un sentier décrit sa course aux angles rompus.

Nous signalerons à l'attention des amateurs la science avec laquelle le maître a su varier la coloration des groupes de chênes épars dans la profondeur de ce beau paysage.

Toile. Haut., 41 cent.; larg., 60 cent.

DIAZ DE LA PENA

(NARCISSE)

8 — **Le Soir. — Forêt de Fontainebleau.**

Déjà la nuit envahit le ciel au zénith. Le soleil est couché. Les feux de l'horizon empourpré rasent la vaste plaine entrecoupée de larges flaques d'eau, qui reflètent la lumière comme de grands miroirs brisés. Des chênes (toujours des chênes ; le chêne n'est-il pas l'arbre souverain?) arrondissent leurs dômes au centre de la composition, rompant par leurs masses perpendiculaires, les lignes basses du paysage que borne, à ses limites extrêmes, une pente de collines rocheuses.

Toile. Haut., 30 cent.; larg., 39 cent.

DREUX

(ALFRED DE)

9 — **L'Entraînement.**

Un jockey, en casaque de soie rose, monte un bel alezan de pur sang et l'entraîne dans les allées sablonneuses d'un champ de courses. On aperçoit à l'horizon les fonds bleuâtres d'un parc.

Peinture de *high life.*

Toile. Haut., 23 cent.; larg., 30 cent.

JACQUE

(CHARLES)

10 — **La Basse-Cour.**

Quel plus joli motif pour le génie d'un coloriste que d'éparpiller dans un cadre d'or l'écrin de couleurs joyeuses, animées, vivantes, tout le fourmillement des riches tonalités d'une basse cour ! Assurément un tel sujet ne comporte pas les dimensions d'une page d'histoire ; mais que d'art, et du plus fin, Ch. Jacque a mis en œuvre dans ce panneau de quelques pouces carrés !

Panneau. Haut., 16 cent.; larg., 31 cent.

JACQUE

(CHARLES)

11 — **Les Petits cochons.**

Nous n'aurions qu'à répéter, à propos de ce tableau, ce que nous venons de dire au sujet du précédent, si son titre ne nous forçait à ajouter une réflexion. Ce titre est un peu réaliste en effet. Nous l'avons inscrit ici sans scrupule cependant. C'est que le « cochon » a été réhabilité dans la langue littéraire par un grand écrivain contemporain. Tous les lecteurs du *Voyage aux Pyrénées*, par H. Taine, en ont gardé le souvenir.

L'art, moins prude, n'a jamais abdiqué ses droits sur la nature vivante. Il l'eût fait, qu'en voyant aujourd'hui cette petite merveille de Jacque, on se dit que la perte eût été grande.

Panneau. Haut., 14 cent.; larg., 18 cent.

LAMBINET

(ÉMILE)

12 — **Les Saules.**

L'amour sincère de la nature, la fine observation de ses aspects les plus délicats, se révèle dans ce paysage si simple : une haie de saules projetant leurs ombres découpées sur un coin de verte campagne ; un sentier, quelques figurines, et c'est tout. Mais que cela est exact, élégant, intime, d'une honnête rusticité et peint d'une main sobre et ferme ! Le ciel est plein de lumière, d'un ton charmant, en accord parfait (chose si rare) avec les harmonies lumineuses du sol.

Panneau. Haut., 26 cent.; larg., 32 cent.

RICHET

(LÉON)

13 — **Le Bain.**

Élève de Diaz, M. Léon Richet s'est à ce point assimilé les secrètes magies du maître, qu'il faut aller à la signature de cette belle toile pour ne pas l'attribuer au maître lui-même. On y retrouve le même charme, la même poésie, le même amour de la beauté suprême, celle de la femme, encadrée dans l'ombre mystérieuse d'un paysage romantique, animé par le murmure des sources vives et des bois sacrés.

Nous nous demandons très-sincèrement si M. Diaz n'a pas touché (ou retouché) cette délicieuse figure nue de la pointe de son pinceau corrégien.

Toile. Haut., 42 cent.; larg., 29 cent.

RICHET

(LÉON)

14 — Le Cours d'eau.

Une vaste nappe d'eau traverse d'un cours tranquille et puissant la grande et fertile campagne entre deux rives inégalement boisées.

Belle composition.

Toile. Haut., 35 cent.; larg., 44 cent.

RICHET

(LÉON)

15 — La Maison rustique.

Elle s'abrite à l'ombre clémente, pour ainsi dire paternelle, de quelques grands arbres respectés de génération en génération par les habitants de l'humble maison. Humble au dehors, riche au dedans, c'est la maison du travail. Elle est placée au bord d'un cours d'eau traversé par un pont de planches. — La lumière joue capricieusement dans ce beau paysage avec les ombres mobiles des longs feuillages dessinant leurs méandres singuliers sur les murailles blanches de la chaumière.

Composition excellente.

Panneau. Haut., 41 cent.; larg., 60 cent

TROYON

(CONSTANTIN)

16 — **Le Moulin.**

Ne reculons point devant le mot propre : ceci est tout simplement un chef-d'œuvre.

La pittoresque silhouette du moulin à vent s'élève sur un tertre élevé dont le pied baigne dans l'eau dormante d'une petite mare. Je ne sais rien de plus poétiquement agreste que ces quatre grandes ailes profilant leurs lignes d'ombre dans la lumière d'or du soleil couchant. Le ciel avec ses dégradations de tons, des plus sombres aux plus éblouissants, est une merveille de couleur. Dans cette pourpre de légers flocons de nuages accrochent des lueurs plus vives encore qui contrastent par leur intensité avec la transparence des grandes fumées rousses qui envahissent déjà tout un coin de l'espace. — A gauche, une route, un cavalier, un piéton : la vie. — Œuvre superbe.

Panneau. Haut., 21 cent.; larg., 26 cent.

VAN MARCKE

(ÉMILE)

1450. 17 — **Vaches.**

M. Van Marcke n'est point seulement un élève de Troyon; comme peintre d'animaux, il est son émule. Certes, le maître eût été fier de mettre son monogramme au bas de cette puissante esquisse, peinte d'une façon si large, si grasse, et d'un si beau mouvement.

Panneau. Haut., 24 cent.; larg., 30 cent.

VEYRASSAT

(JULES-JACQUES)

18 — **La Cour d'une ferme.**

En ce petit espace, l'artiste a fait tenir toute la vie de la ferme. Voici la maison d'habitation, la ménagère assise sur le seuil et travaillant à l'aiguille ; voici les granges, les hangards, les remises, les étables. Ici, le puits et le valet de labour qui tire un seau d'eau pour abreuver le cheval à peine dételé de la charrue, encore chargé de son lourd harnais. Là, les animaux domestiques s'éparpillant sur l'aire, les poules picorant dans le fumier, se glissant sous les mangeoires, cherchant les unes le soleil, les autres l'ombre.

Œuvre de sincérité et d'étonnante vérité.

Toile. Haut., 17 cent.; larg., 31 cent.

VINCELET

19 — Fleurs.

Des roses, des coquelicots, des chrysantèmes, les fleurs de culture et les fleurs rustiques harmonieusement groupées dans un vase de faïence à décor bleu ; le tout d'une facture souple, large, savante. Tel est ce tableau essentiellement décoratif.

Toile. Haut., 34 cent.; larg., 44 cent.

www.ingramcontent.com/pod-product-compliance
Ingram Content Group UK Ltd.
Pitfield, Milton Keynes, MK11 3LW, UK
UKHW020533180726
13839UKWH00005B/2485

9 782329 580159